# 배틀그라운드

문보영

# 배틀그라운드

문보영

PIN

023

배틀그라운드 용사 문지성에게

# 차례

## 2부 비켄디 설원맵

## 3부 에란겔 초원맵

## 4부 사녹 정글맵

PIN

023

# 배틀그라운드

문보영

시

## 등장인물

왕밍밍 : 968년 – ?

송경련 : 971년 – ?

저그 에비게일 SP : 832 – 974년

낙타 : 962년 – ?


## 게임 소개

「배틀그라운드」는 원에 관한 게임이다. 한 비행기에 탑승한 플레이어들은 약속된 섬으로 향한다. 낙하산과 함께 섬으로 뛰어내린다. 섬에 원이 생기는데, 어디에 생길지는 아무도 알 수 없다. 원은 점점 줄어들며, 원 바깥에 있으면 체력이 빨리 바닥나므로 유저들은 원 안으로 들어가야 한다. 동시에, 낙하산을 타고 내려온 다른 편과 싸워야 하는데, 게임은 한 명만 살아남을 때까지 계속된다. 섬 밖에서 아이템을 가져올 수 없으므로 바닥에서 총과 에너지 드링크, 붕대, 스코프 등을 주워야 한다.

**1부**

미라마
사막맵

# 배틀그라운드

## —사막맵

추락으로 시작한다 추락하지 않는 인간은 게임
참여 의사가 없는 것으로 취급한다 뛰어내려 곧 깨
어날 거야 너는 추락하는 자를 깨어나는 자라고 부
른다 햇볕 아래 놓인 벽돌색 헤드셋을 끼고, 네 마
리의 말이 그려진 옷을 입은 네가 웃으며 말한다
너, 송경련은 미소에 소질이 있으니까 무서운 사람
이다 여기는 사망맵이야 너는 불안할 때 농담한다
바닥에서 만나자 뛰어내린다 비행기에서 그녀가
먼저

# 배틀그라운드
—사과

## 게임 시작 59초 전

총격전이 난 집을 멀리서 보면
사람들이 집을 쏴 죽이고 있는 것 같아

## 게임 시작 52초 전

한 알의 사과를 하늘을 향해 던진 다음
또 한 알의 사과를 던져
맞추면
처음의 사과는
영영
땅으로 돌아오지 못한다

## 게임 시작 48초 전

게임 시작 전에 기절한 사람이 있다면
그 사람은
상상력이 풍부한 사람일 것이다


## 게임 시작 45초 전

그러나
예상치 못했다는 이유로
관심을 끌 수는 있다

## 게임 시작 44초 전

작은 TV가 켜져 있다
의자가 넘어져 있다
붉은 소파가 있다


## 게임 시작 42초 전

비라니


## 게임 시작 41초 전

비가 올 수 있어?

## 게임 시작 40초 전

나는 사과 한 알을 든 곤고한 자
게임이
시작되면
사람들이
나를
보고도 모른 척하는 일은
발생하지 않는다


## 게임 시작 39초 전

작은 TV
드러누운 침대

붉은 소파
그런데 소파가 집 밖에 있으면
왠지 불안해


## 게임 시작 35초 전

사과를 던진다


## 게임 시작 33초 전

침대에게 타살당한 분 손 들어보세요

**게임 시작 31초 전**

그러나 비 오는 날은 좋지
정수리가 겸손해 보이잖아


**게임 시작 29초 전**

떠들 수 있을 때 마음껏 떠들어


**게임 시작 27초 전**

애정의 문제 발생

## 게임 시작 25초 전

난 안 죽어

난 안 죽어

난 안 죽어

너는 꼭 세 번 말한다


## 게임 시작 24초 전

한 번 말하면 알아듣지 못하고

두 번 말하면 알아들어버리고

세 번 말하면 다시 알아듣지 못하게 된다고

믿기 때문에

**게임 시작 21초 전**

총격전이 난 집을 밖에서 보면
집이 사람들을 쏴 죽이고 있는 것 같아


**게임 시작 18초 전**

사과를 던져


**게임 시작 15초 전**

사과는 아닌 곳으로

## 게임 시작 12초 전

너는 전기가 나가듯 자버린다


## 게임 시작 9초 전

하늘로
날려버린
사과에 적힌 작은 글씨


## 게임 시작 8초 전

어떤 부분 때문에 나를 사랑하는지

너무 자세히 말하진 마

## 게임 시작 7초 전

나를 계속 사랑해줘
당신이 누구인지만
들키지 말고


## 게임 시작 4초 전

작은 TV
먼지 쌓인 매트리스
붉은 소파

## 게임 시작 3초 전

게임이 시작되지 않았는데 사람이 죽었다면……


## 게임 시작 1초 전

사과 한 알로
막을 수 있다고 믿기도 합니다
시작 같은 걸

# 배틀그라운드
—원

그들은 원을 향해 뛴다. 식물이 자라기 힘든 모래땅. 긴 나무다리를 건넌다. 왕밍밍은 꿈 바깥에서 모기에 물렸으므로 꿈 안에서 발바닥을 긁었다. 길고 좁은 나무다리를 건너며 발바닥을 긁는 일은 쉬운 일이 아니다. 송경련, 뒤돌아본다. 무서워하지 마. 너와 나는 같은 편이지만 너는 나의 두려움을 증폭시킨다. 저기, 사과나무가 있다. 나 왕밍밍은 말한다. 내가 그 말을 하는 것은, 나와 관련된다고 해서 내 이야기가 되는 것은 아니며 나와 관련이 없으므로 내 이야기가 되는 경우가 더 많기 때문이다. 송경련과 왕밍밍이 원을 향해 뛴다. 그들은 뛰어야한다. 왕밍밍이 문득 주저앉는다. 사과나무 아래. 송경련이 말한다. 죽으면 경기를 관찰할 수 있다고, 죽으면 다른 사람의 시점으로 세상을 볼 수 있다고. 그들 듀오는 원을 향해 뛴다. 원은 어디에 생길지 모른다. 그러나 그것은 생기고, 여기에는 약간의 운이 작용한다. 우리가 존재하는 곳에 원이 생기면 움직일 필요가 없지만, 원은 늘 우리 바깥에 존재하므로 우리는 뛴다. 널 사랑해, 널 좋아하진 않지만. 왕밍밍은 그런 말도 할 줄 안다. 나는 꿈을 꾸며 꿈에서 내가 소외되는 상황을 즐길 줄 알기 때문에. 원 바깥에 오래 있으면 체력이 닳고, 결국엔 아파서 죽어버린다. 죽기 싫다면 원 안으로 들어가야 하며 체력이 떨어지지 않도록 땅에서 뭔가를 줍고 그것을 먹어야 한다. 난 죽고 싶지 않다. 난 아프고 싶지 않다. 하지만 누군가 날 아픈 사람으로 생각해주는 건 좋다. 내가 죽자 넌 심각하게 걱정하지는 않으면서 달린다, 라는 문장을 떠올리다가, 날아가는 새가 닫힌 창에 부딪히지 않고 창을 통과한 것이다, 라는 문장으로 생각이 옮아가고, 그 생각은, 창문이

없는 세상에서 창문에 부딪힌다면 그건 네가 새라는 증거다, 라는 결론을 이끌어낸다. 왕밍밍의 시선이 송경련의 어깨에 가닿는다. 두꺼운 사전에 꽂아둔 낙엽처럼 잘 바스러지는 어깨다. 그 어깨에 상처가 있다. 급하게 쓰고 온 모자처럼 생긴 상처다. 상처는 일관성이랄 게 없으므로 아무렇게 묘사해도 괜찮다. 어쩌면 너무 이해하고 있다는 게 병의 원인일지도 모른다고 생각이 말한다. 사막은 뭔가 희박하다는 것을 의미하며 모래사막은 바람으로 이동한다. 다시, 사과나무 아래, 내가 있다. 너, 나무 아래서 회복되는 중이니?라고, 너는 말하지 않고, 넌 그냥 죽어 있는 게 나을 것 같다, 라고 너는 말하지 않고, 나는 가만히 주저앉아 있을 뿐인데, 가지 마 가지 마 가지 마, 거기 사람 있어, 라고 너는 말한다.

# 배틀그라운드
— 송경련이 왕밍밍에 관해 쓴 첫 번째 보고서


푸른 자기장 앞
선을 넘지 못하는 틱 환자가 있습니다

유저들에게
손잡는 기능은 없습니다

침 뱉는 기능
기절하는 기능
그리고
뒤에서 발로 차는 기능이 있습니다

방해하는 것으로 사랑을 표현합시다

뒤로 다가가 발로 찹시다

너는 넘어지는 방식으로
세계에 포함되었습니다

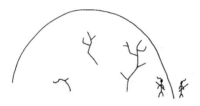

## 배틀그라운드
―태풍 치는 날 낙타를 보고 싶어


왕밍밍은 남들보다 키가 1cm 작았다

그래서

태풍 치는 날 낙타를 보고 싶었다

왕밍밍은 남들보다 키가 1cm 작았다

누구를 만나도 정확히 1cm 작았다

그래서 낙타를 보러 갔다

누구를 만나느냐에 따라 그녀의 키는

시시각각

늘어나고 줄어들었다

그래서 낙타인 척했다

그런데 낙타를 스쳐 가는 법은 몰랐다

남들보다 키가 1cm 작았기 때문에 남들보다 세상이 1cm 부풀어 보였다

태풍 치는 날

잠을 자지 않았다

잠을 자지 않으면 내가 지속되었고

꿈에는 감당할 수 없는 내가 포함되어 있으니까

덮었다

1cm가 부족하거나

1cm가 넘쳤기 때문에

모래사막에서 쓰러지더라도

낙타는 알려진 감정이 아니었다

좀 길게 이어지는 낙타

스쳐 지나가는 게 아니었다

# 배틀그라운드
―겹친 3년 · 1

## 1

송경련의 얼굴은 너무 넓어서
눈 코 입조차 서로가 같은 판 위에 있다는
사실을 모를 것 같았다

\*

얼마나 넓었느냐면

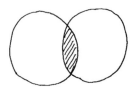

이렇게 생긴 악몽을 꿀 만큼!

## 2

낙타와 함께 모래사막을 건넌다
사막은 건너는 게 아니라 항해하는 것이다*

송경련은 자신을 여전사 저그 에비게일 SP의 후
신이라고 믿었다
왕밍밍은
그런 생각은 유치하다고 생각했고

낙타의 속눈썹은 너무
길어서 눈을 감을 때마다
빗자루로 세상을 쓰는 것 같았다

*

송경련이 생각하는 저그 에비게일 SP와의 유사점

1) 머리카락이 바닥에 닿을 만큼 기른 적이 있다

2) 안개 낀 날 오토바이를 타다 죽은 적이 있다

3) 지구가 한 바퀴 돌 때마다 할부로 죽고 있다
는 가치관

4) 없이도

5) 잘 살았다

6) 가치관 없이도

7) 무중력 비행을 꿈꿨다

8) 심장병이 있었다


3


총격전이 벌어진 집을 멀리서 본다

집이 펄럭이고 있는 것 같아

사람은 걸어 다니는 못이고


4


낙타가 모래사막을 넘어간다


5


송경련은 자신을 저그 에비게일 SP의 후신이라
고 믿었다

스티븐 호킹이 갈릴레오가 죽은 날 태어났다는

사실을

소중하게 여긴 것과 같이

하나의 삶이 다음 삶에게 바통을 넘기기도 했다


왕밍밍은 코를 팽 풀었다
낙타가 커다란 눈으로 그녀를 쳐다보았다


시간이, 어떤 감정이, 울퉁불퉁한 언덕이
죽지 않은 것을 핑계로 자꾸 다가왔고……


(계속)

* 잭 웨더포드, 『야만과 문명, 누가 살아남을 것인가?』. "원주민은 사하라를 건너간다기보다 항해하여 지나간다"의 변형이다.

**2부**

비켄디
설원맵

# 배틀그라운드
—설원맵


눈으로 덮인 섬이라네


우리의 현생은 우리의 전생보다 면적이 작네 그것이 우리 듀오를 공포로 몰아넣네 사람을 더 자주 마주칠 거야 섬이 눈부셔서 무섭네 너, 송경련 말하네 말하는 네가 뒷모습이네


말하는 뒷모습이 너의 장기네 너는 뒷모습만을 보여왔네 달리는 네 마리의 말이 네 뒤에 있네 너는 뒷모습으로 말하지만 나는 상처받지 않네 나는 헬멧을 썼네 나는 어디에 있어도 너, 송경련 등 뒤에 있네 네 뒤에 있다고 해서 네 입장이 되어보는 건 아니네 뒤에 있을 때 네가 너무 멀어 보이네 너무 멀어서 내 비밀이 너에게 미치지 않네

나는 참조했네 내 뒤에게 물었네 내 뒤는 텅 비었네 가져갈 게 없네 새가 날지도 않네 그러나 어딘가에 새는 있네 새가 날면서 맨발인 것이 너, 송경련을 불쾌하게 하는가 나는 등 뒤에서 너를 놀리네 염두당하고 싶어서 그랬네

　너는 설원의 우주선 발사 기지에 가보고 싶었네 나는 얼어붙은 강이 보고 싶었네 그러나 원이 영 다른 데 생겨서 우리는 한 방향으로 뛸 수 있었네

　눈으로 덮인 작은 섬은 뒷모습을 연습하기에 좋은 장소네 현실이 조준이 잘 안 되네 나는 네 손을 잡고 싶네

　태어날 때부터 나는 쭉 내 뒤에 서 있었네 나는

나의 뒷모습만을 바라봤네 나는 관전만 해왔네 뒤
돌아보지 않고도 나는 내 뒤가 보이네 내 뒤에 있다
고 해서 내 입장이 되어보는 것은 아니네 필요한 건

사람을 만나도 죽지 않는 경험이네 그런 세상을 믿
는 자는 게임 참여 의사가 없는 것으로 간주하겠네

누가 내 등 뒤를 털어 갔네

# 배틀그라운드
— 왕밍밍이 기억하는 송경련과의 첫 만남

왕밍밍

정신과에서 약을 받아 왔다

잘못 딸려 온 남의 약 한 포

(누가 가위질을 잘못해서 둘을 이어버린 것이다)

"영혼의 짝을 찾았다!"

왕밍밍

거리 한복판에서 환호해버린 것이다


모자의 귀덮개가 바람에 팔랑였다
담배를 꼬나물었다


이게 진짜 내 약일지도 몰라


*


담뱃진이 묻은 입술은 부서진 난간과 거의 가까
워 보인다
　그녀는 누구일까?

# 배틀그라운드
— 벽에 빠진 사람

함께 벽을 통과하다가
너가 사라진다
인상적인 경험이었다

벽이 너무 많다는 느낌
지루함을 나열한다
벽에 빠져버린 사람

너는 사라졌고
나는 그것에 반응했다

나는 누군가와 대치 중이다
놈은 외국어를 지껄인다
알아들을 수 없다면 인상적이다

사라질 거라면 더 사라져서 아주 나타나버려

벽을 보면 너를 꺼내서
겹주고 싶다

나는 내 욕심이 불편하지 않다

너는 계속 거기 있고 싶다

# 배틀그라운드
## —극단의 원

<br>

1

별들은 다른 존재의 주위를 돌면서 본인도 돈다

누군가의 주위를 잘 돌려면 본인도 돌아버려야 하기 때문에

헨델과 하이든 소사이어티 오케스트라의 모차르트 Masonic funeral Music 연주가 끝나자 고요한 정적 속에서 한 소년이 Wow! 하고 외쳤다 악단의 리더 David Snead는 그것이 자신의 40년 음악 인생에서 최고였다고 말했으며 Wow 소년을 만나려 했다

소년이 숨었고 세상은 수색을 시작했다

2

　지구의 자전축은 23.44도 기울어져 있다 덕분에 똑바로 걸어도 내면과 정신은 23.44도 기울어져 있다 인간이 똑바로 걷는 것처럼 보이는 이유는 모든 존재가 동시에 23.44도 기울었기 때문이다 한 사람이 미치고 다른 한 사람도 미치고 모든 사람이 미치면 아무도 미치지 않게 되니까


3

　하나의 전자가 하나의 양성자 주위를 돌면서 둘은 각자 자전하고 있었다 소년은 그때 나는 잡음을 들었다

## 4

그게 어떻게 들리니?

환상은 천막 같은 거예요
설원에서는 별이 잘 보여요

도망치는 소년이 뒤를 돌아본다

## 5

소년은 원 밖으로 뛴다

6

똑바로 걷고 싶다면 23.44도 기울어진 쪽과 반대
편으로 23.44도 기울어서 걸으십쇼 그러나 타인의
시각에서 당신은 혼자 기울어진 사람이므로 소년이
나타나 wow! 하고 외친다


7

도망치는 소년을 극단으로 몰고 간 다음 절벽 앞
에 세운다 원은 부조리하기 때문에 줄어들어 점이
되는 순간에는 모두가 만나게 된다

# 배틀그라운드
—겹친 3년 · 2

## 1

송경련은 여전사 저그 에비게일 SP가
자신의 전생이라고
믿었고
왕밍밍은
그런 생각은 유치하다고 생각했다

## 2

송경련은 심장이 여러 개인 게 문제였어
에비게일은
심장이 너무 넓어서 어디까지 가야 하는지 알 수
없었던 거고

낙타가 하늘을 본다


3


저그 에비게일 SP의 연보 : 832-974년

심장병으로 사망. 비석에 다음과 같은 말을 남김.

**눈을 감으면 보이지 않는 것까지 보게 되므로**

**사는 동안 가급적 눈을 계속 뜨고 있는 편이 좋다**


송경련의 연보 : 971년-?

심장이 여러 개인 다발성 심장병을 앓음. 너무 많은 심장으로 사막을 건너고 설원을 지남. 반려 낙타는 콧구멍을 여닫는 것으로 애정을 표현. 날마다 죽지만 언제 최종적으로 죽을지는 게임을 끝까지 해봐야 알 수 있음.

넌 에비게일이 죽은 날 태어나지도 않았고

그녀가 죽은 후 태어나지도 않았어

너희는 971년부터 974년에는

한 세계에

발을 붙이고 있었어

겹치는 3년은 뭐지?

왕밍밍은 코를

팽

풀었고

논리의 허점을 지적했다

그녀는 너의 전생일 수 없어

4

낙타가 왕밍밍과 송경련 주위를
얼쩡거렸다 낙타가 자꾸
눈을 뜨고 감아서
누군가 개폐식 영혼을 가질 수 있었고


5

송경련 말한다
3년 동안 우리는
육체가 두 개인 하나의 영혼
이어폰처럼 나눠 끼웠지
영혼의 짝은 세상의 소음을 나눠 듣는 인간이니까

6

영혼의 짝

이라는 말을 들어서

왕밍밍

내면의 불이 꺼졌지만

내면의 전구 하나가 꺼지면

새걸로 갈면 되었다

그녀는 고요하고

그녀도 무중력 비행을 꿈꿀 줄 안다

(계속)

# 배틀그라운드
—저그 에비게일 SP의 시절


내면의 하차 벨을 누르고
나는 나에게서 내릴 겁니다


누가 얼굴을 찡그려서
다른 누군가 구겨졌네


미소에 차질을 빚다


눈 내리는 전쟁터에서
인간들이 닥치는 대로 키스한다
입안을 쑥대밭으로 만들고
도망간 것이다


그런 일이 에비게일이 살던 시절에는 종종 일어
난 것이다

미소 때문에 낙오된 자
자기장 밖에서 무기력을 배운다

키스 후
누가 내 입에 두고 간 찌꺼기
뱉자
전지 커버 세 장

미소가 바닥을 친다
썩은 집은 다루기 쉽지

전쟁터의 집은
남김없이
살을 발라 먹은 생선 같아

미소를 사실로 받아들이는 자는 바보다


초조함을 선점하는 자가 게임에서 이긴다

**3부**

에란겔
초원맵

# 배틀그라운드
## —사후세계에서 놀기


도망가는 자는 사방을 닫고 자기 자신을 즐긴다. 즐기다 들키는 것까지 포함해서 즐긴다. 사망 후 데스캠*으로 본다. 날 죽인 사람의 시점으로 죽기 직전의 나를 보는 건 유익하다. 나는 무너진 건물 창턱에 앉아 있었구나. 그것도 도망이라고. 왜 죽였는지는 묻지 말고 어떻게 죽였는지만 배우면 된다. 저렇게 먼데 죽였다고? 배율의 문제. 너무 멀잖아. 부조리해. 핵쟁이의 짓인가. 나는 도망치고 있구나. 문을 놔두고 창문을 타고 드나들면 열심히 사는 기분이 들었거든. 원에 대한 악감정은 없지만 다른 데 봤다. 연약함을 처리해야 할 때. 멀리 있는 사람은 아름답고 밋밋해. 밤은 기장이 길고 나는 인간에게 익숙하지 않은 물건이므로 잠시 일그러진다. 먼 거리에 중독되기 시작한다. 눈이 마주칠 때 나보다 오래 머무는 건 너의 나쁜 성격에 속한다. 아무것에도 중독되지 않는 사람은 지루해. 나를 쐈다. 죽는 순간의 나를 본다. 상처와 취미의 문제. 죽는 순간. 나는 폭소하는 빵이구나.

* 게임에서 죽은 후 데스캠을 켜면 내가 죽는 장면을 적의 시점에서 볼 수 있으며, 어떤 이유로 죽었는지 배울 수 있다.

# 배틀그라운드
―갓카의 밀밭


죽은 애인을 밀밭에 묻었는데
충분히 흙을 덮어도 코가 튀어나왔던 것이다


\*


갓카의 밀밭
송경련은
밤이면 산책을 했다
동쪽으로 길쭉하게 뻗은 저류조\*를 지나
사료와 여물통, 대팻밥
땀과 피로에 젖은 코를 보려고


밤은 검은 밀밭의 찢어진 그늘이라네
노래를
흥얼거리며

*

밀밭에 숨어서 지켜봤다
코에 걸려 넘어지는 마을 사람들을


코는 앞으로 밀고 나갈 게 남은 듯
약간 비스듬히 꽂혀 있다


*


밤은 자세하고 무신경한 대화
검은 밀밭의 찢어진 그늘
검은 당닭만이 걸려 넘어지지 않는다네
노래를
흥얼거리며

*

"멀리서 보면 상어의 뾰족한 등 같아요"

마을 사람들은 조그만 적을 가리키는 것으로
밀밭의 분노를 다스린다

코는 자신의 나쁜 성격을 전시하고 있다**

*

송경련은 숨죽여 지켜봤다
소중한 기억이 삶을 끈질기게 만들었기 때문에

*

*"토할 수 없다면 기도하세요!"*
마을 아이는 땅 위의 상어를 가리켰다

*

바람에

*

코***가 흠칫했다

*

걸려 넘어지고
걸려 넘어지고

걸려 넘어지고


                              *


  산 자들은 가벼운 흔들림조차 상어라고 불렀던
것이다

* 갓카 동쪽에 길쭉하게 뻗어 있는 농업용 대형 저류조를 보고 젓가락
  이라고 부르는 사람들도 있다. https://blog.naver.com/anicoool/
  221529756763 참고
** 갓카는 소규모 논밭이 넓게 펼쳐진 평야에 집들이 두어 채 단위로 흩
  어져 있는 농업 마을로, 주변에 엄폐물이 적다. 따라서 자기장이 이
  쪽으로 생기면 밀밭에 엎드려 싸워야 하는, 일명 밀밭 엔딩이 되기도
  한다. https://blog.naver.com/anicoool/221529756763 참고
*** 코는 밀밭의 유일한 엄폐물이다.

# 배틀그라운드
## —사운드

송경련 바닥에서 소음기*를 줍다 숨기다 원래 소리가 작은 인간인 척하다 누군가는 숨는 게 체질에 맞다 송경련 자신을 암호로 사용한다 좀 더 어려워지고 싶어서 그랬다 소음기를 바닥에서 주웠다 희미해지고 싶어서 그랬다 왼쪽이 나한테 오려고 해 왼쪽이 나한테 오려고 해 왼쪽이 나한테 오려고 해 너는 꼭 세 번 말해야 진정한다 누군가는 자신의 위치를 들키지 않는 게 체질에 맞았다 밀베 외곽으로 걸어가다가 송경련 왕밍밍을 떠올린다 너는 파의 흰 부분만 먹으며 물개 박수를 잘 친다 한가로운 뒤통수 겨냥에 익숙해지다 소음기로 인해 와닿지 않는다 사랑하는 인간의 이름은 소원이라고 바꿔 부른다 이루어지지 않고 계속 남아 있을 수 있다

* 소음기를 장착하면 총을 발사할 때 소음이 감소한다.

# 배틀그라운드

—일어나는 일이 스스로에 관해 말하다


왕밍밍 : 허리에 찬 그것은 뭐니?


송경련 : (셔츠를 풀어 가슴에 엇갈려 부착한 주
황색 전극을 보여준다) 휴대용 심전도 기계


왕밍밍 : 저리 치워, 무슨 일이 일어날 것만 같아


송경련 : 이미 무슨 일이 일어나서 붙인 거야


*


의사의 소견 : 건강한 인간의 심장 그래프를 기
준으로 말씀드리겠습니다 작은 사람에게 당신의 땅
을 걸게 시키세요

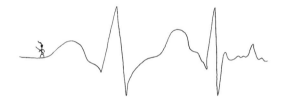

1분 동안 지형을 탐색하도록 두고 작은 인간을
관찰합니다

68개의 구렁텅이와 발 빠짐과 70회에서 100회의
자잘하지만 거슬리는 돌부리들 그리고 돌아가야 하
는 거대한 산을 가진 지형이라면 그러니까

작은 사람이 68차례 발이 빠지고, 70번에서 100번
발 걸려 넘어진 다음, 모험심을 자극하지만 단념을
연습하게 만드는 거대한 산 앞에서 무너지는 경험
을 한다면 그러니까

타인으로 하여금 끊임없이 걷는 경험을 선사할 수 있다면 당신은

아직 뛰는 심장을 가진 겁니다

\*

심전도는 인체의 전기적 변화를 기록하며 더 이상 누군가 발에 걸려 넘어지지 않는다면 그 사람은 죽은 사람이다

\*

송경련과 왕밍밍은 지형을 탐색하는 작은 인간을 보고 있습니다 작은 인간은 작은 구렁텅이 앞에 서 있습니다 이들 듀오는 작은 사람의 표정을 보며

말합니다 왕밍밍이 휴대용 심전도 기계에 묻은 먼지를 관찰하고 있네요 지금 이 장면이 아름답다면 아름다움은 실수에 가깝습니다

# 배틀그라운드
## —떡 진 머리에 관한 슬픈 말장난


바닥을 기는 송경련의 머리는 떡 졌다. 왕밍밍과 송경련 남부로 향한다. 해변을 따라 기어서 간다. 총신이 긴 구식 총. 송경련. 엎드린 자세로 조준한다. 왕밍밍. 녹지 않는 땅에 대해 생각한다. 아무도 살지 않는 땅은 용기 있는 땅인가? 송경련은 머리가 떡 졌지만 조준하는 일에 익숙하지 않다. 듀오가 해안선을 따라 기어간다. 세상은 더듬는 것에 가깝기 때문에 호수를 떠올린다. 호수의 동쪽 지대는 슬픔이 넓어서 발을 담그기에 좋지. 우리가 여기 끌려왔을 때를 기억해? 무슨 말인지 모르겠어서 진실에 가까운가? 송경련의 심장에 작은 문제 발생한다. 심장 판막을 갈자. 너 죽어? 부추기지 마. 등에 찬 skorpion이 무겁다. 떡 진 머리가 감추고 있는 귀밑 상처. 상처에서 윤이 난다. 몇 마일은 남았어. 힘을 비축하고 발싸개를 갈자. 다시 조준했고 그동

안 심장 판막은 흘러간 피가 되돌아오지 않도록 도
왔다. 귀를 닦아줘. 송경련은 그런 말은 할 줄 모른
다. 너는 용기 있는 땅인가? 돌아가지 않는 게 중요
하지. 포복 자세로 더 간다. 그녀들은 위험하건 말
건 적응해버렸다. 어제는 죽는 게 좋았지. 바라는
것을 멈출 수 있다는 점에서. 왕밍밍은 말하는 대신
덤비고 싶었다. 죽는 건 익숙해져도 괜찮지만 죽기
직전이 익숙해지면 끝인 거다. 송경련. 조준하는 대
신 덤비고 싶었다. 송경련의 심장이 떡 져 있다.


왕밍밍과 송경련을 조준하는 무리가 있다 그들은
기어 다니는 인간들을 가리키며
저게 바닥에 있어야 하는 게 맞아요?
묻기도 한다

# 배틀그라운드
— 겹친 3년 · 3


### 1


게임 시작 전
하늘로 던진 사과가 땅으로
돌아오지 않게 하려면
탈출 속도*로 던지면 된다


지구의 중력 자기장을 아주 벗어나버리면
돌아오지 않을 수 있으므로


사람이 죽었을 때
어디론가 가고 있다는 인상을 받는 이유는
보이지 않게
탈출하고 있기 때문이다

## 2

　송경련은 겹친 3년**의 문제를 투명 테이프의 문
제로 해결했다

　겹친 만큼 생에의 접착력이 강했던 거야

## 3

　왕밍밍은
　밀어내는 만큼 느꼈으며

4

에비게일은 죽었을 때
전체적으로 칠 벗겨진 인간으로 보였는데
표정 없이도 미소를 지을 수 있었다
그녀가 풀밭에 쓰러졌을 때 거대한 문짝이
넘어지는 소리가 들렸으므로 사람들은 어딘가
보이지 않는 집이 있는 것 같다고 수군거렸고
길치들만이 그 집을 찾아갈 수 있을 것이었다 그
녀가
죽기 전
남긴 미소에서는
희망의 미세한 결점이 발견되었으며
그것을 놓치지 않고 넘겨받은 인간이 과연
송경련 하나뿐이었을까?

  * 지상에서 쏘아 올린 인공위성 등이 무한히 먼 곳까지 가는 데 필요한 최소한의 초속도. (출처:네이버 지식백과)
  ** 송경련은 자신을 여전사 저그 에비게일 SP의 후신이라고 믿었는데 왕밍밍은 그런 생각은 유치하다고 생각하고 싶었다.

**4부**

사녹
정글맵

## 배틀그라운드
—어떤 감정은 이렇게 소개되었다


발견된 감정은 15-18페이지에 이릅니다

분량이 넘치는 큰 감정을 비난해보는 겁니다

그것으로 무서운 잠을 표현하고
녹슨 드럼통과
총알 자국이 난 트레일러
찢긴 닭 사료 자루를 찾아가 사정해보는 겁니다

분량을 위해 장면화하세요

내가 도망가는 모습은 질리지가 않네요

이제 어떤 감정이
차질 없이 진행될 거예요

사녹은 건물 존버가 어려운 맵*이니
바깥으로 나가십쇼

농담으로 인생을 표현하는 사람이 되는 겁니다
밖으로 나가서 부딪히는 겁니다

밤이
납작 엎드려서 뒤에
서 있던
낮이
나타났다고 생각하십니까

그렇다면
계속 엎드려 있으십쇼

다시는

일어나지 마십쇼

---

* 사녹은 에란겔과 미라마의 크기가 8×8km인 것과는 달리 크기가
4×4km이며, 게임의 진행이 더 빠르다. (……) 자기장이 느리게 줄
어들기 때문에 인서클을 조금만 신경 쓰면 미라마처럼 중반부 자기
장에 잠긴 채 회복템을 낭비하거나 노잼사하는 일은 거의 없고, 거꾸
로 자기장 돌입 시 적을 만날 가능성이 높다. (……) 사녹은 태국어로
재미를 의미하는 sanook과 타갈로그어로 닭을 의미하는 manok을
합친 말이다. 한마디로 '재미 들린 닭'이다. https://blog.naver.com/
anicoool/221531287039 참고

# 배틀그라운드
― 우리들의 손

죽은 사람을 구경시켜주기로 했다 벽돌색 헤드
셋을 낀 애인을 뒤따라 달린다 나는 너를 자세히 보
지 않는 경향이 있다

바다가 보이는 절벽에서

만나자 나는 너에 관해 적당히 모른다 절벽으로
간다 총은 손에 들지 마 어깨에 메고 뛰면 빨리 뛸
수 있어 그녀가 말한다 너가 먼저 절벽으로 달린다
길이 너무 많다 가끔은 길이

있다는 게 서운하다 바다를 등진 절벽으로 가는
길 어깨에 메고 달렸다 길이 탈 난 것 같단 말이지
너는 남 일처럼 말하는 경향이 있다 절벽을

자세히 보지 않는 경향이 있다 어깨에 메, 손은 아껴둬, 곧 절벽이 나올 거야 너는 말한다 네 손을 잡고 싶다 이 세계에서 우리들의 손에는 그런 기능이 없다 누군가 희망에 미리 손을 써둔 것이다 절벽이

있다는 너의 말이 사실일까 손은 잡는 게 아니라 없는 거야 너는 손을 잡지 않는 경향이 있다 바다로 가는 길 나는 손에 시달릴 줄 안다 손에 집착해서 세상에 나뭇잎이 붙었다 절벽이

없어서 서운하다 너를 놓쳤다

빨리 와줘

인간들이 죽기 전에만 고백한다

## 배틀그라운드
—너는 바보라서 가진 게 돌파력이네


왕밍밍이 집이라면 송경련은 창문을 깨고 들이
닥친다

너는 말이 없고 자세하기 때문에

줄에 꿰인 생선처럼 이어진다

그들 듀오는 수건에 싸인 긴 빵도 나눠 먹었다

너는 잘 준다
여물통
빈 양동이
불길처럼 잘 번지는 미소까지도

사람들이 밑줄처럼 얌전히 그어진 걸 보니

그들은 멀리 있는 집이다

커다란 해가 옆구리에 쌓여 있는데

나는 바보라서 잘 받는다

어떤 감정을 원 안으로 한정한다

너, 사라지는 것으로 내 삶을 방해한다

왕밍밍 뜬다

네가 아무거나 줘서

산길의 소 떼처럼 곤두박질하기에 좋다

나는 다친 척하는 집이다

발버둥 치면

열어준다

# 배틀그라운드
## —게으른 기억

텅 빈 들판을 가로질러 부트 캠프로 향한다 송경련 앞질러 가고 왕밍밍 따라붙는다 들판은 텅 비어 있으므로 미소는 거대한 망토가 된다

아무도 없어
송경련 붕대를 감고 총을 꺼내 분해한다
왕밍밍 부품을 닦았다
텅 빈 땅은 아무것도 감추지 않기 때문에 무섭다

송경련 : (9mm skorpion에 개머리판을 재장착한다)
왕밍밍 : 그건 원래 네 거니?
송경련 : 바닥에서 주웠어
왕밍밍 : 다른 총 줘봐
송경련 : (등에 찬 SCAR-L을 벗어 왕밍밍에게

건넨다)

　왕밍밍 : 이것도 주웠니?

　송경련 : 지난 삶에서 가져올 건 아무것도 없었어

　왕밍밍 : 네가 사랑했던 사람의 머리색은 뭐였니?

　송경련 : 방금 발소리 들었어?


　들판은 텅 비어 있기 때문에 누가 나타나면 선뜻 이해되지 않는다 비 온 뒤의 들판은 조금 부풀어 있으며, 손가락으로 누르면 푹 눌린다 부은 땅의 흔들리는 들풀은 누군가를 숨기기에도, 자기 자신을 숨기기에도 충분치 않다 텅 빈 들판에 함부로 드러누워선 안 된다 눕는 순간 잠이 사람을 납치해 가므로 들판에서 인간은 기억에 쉽게 노출된다

*

송경련은 사랑하는 인간과 한집에 살았다 아침에 일어나면 이를 닦았다 욕실 컵에는 초록색과 노란색 칫솔 두 개가 꽂혀 있었는데 송경련은 무엇이 자신의 칫솔인지 늘 헷갈렸다 그녀에게 아침은, 칫솔모에 치약을 짜다가 사랑하는 인간에게 혼나는 시간이었다 "그거 내 칫솔이잖아!" 사랑하는 인간에게 걸려야 뭐가 자신의 것인지 깨달을 수 있었다 송경련은 사랑하는 인간과 한집에 살았으므로 이를 닦았다 노란색 칫솔모에 짜버린 치약을 초록색 칫솔모에 옮겼다 칫솔끼리 뽀뽀하고 있어! 송경련은 그런 비유는 안 한다 사랑하는 인간과 한집에 살았기 때문에 헷갈렸다 칫솔모가 닳고 벌어졌다 사랑하는 인간이 떠났기 때문에 남겨진 칫솔은 송경련

의 것이었고 헷갈리지 않아서 좋았다 초록색이었다

　　왕밍밍 : 누가 오고 있어
　　송경련 : 엎드려

　　방금 레드존을 가로지른 용감한 자가 비척비척
걸어오고 있다 그녀는 언덕 위를 오른다 해가 뜨는
것처럼 언덕에서 어떤 인간이 나타난다

　　나는 슬픈 사람보다는 기분이 안 좋은 사람에 가
까워

　　사람이 나타날 때만 둘은 같은 생각을 했다

　　왕밍밍 : (눈을 질끈 뜬다)

송경련 : 지금이야!

\*

## 텅 빈 들판의 일기

해가 긴 하루였다 그들은 싸움에서 지는 모습을
세밀하게 전시했다

죽은 자는 어딘가 살짝 뜯겼을 뿐이며
틈 사이로 영혼이
찢겨진 소파의 충전재처럼
무신경하게 삐져나온다

흙이 긴 발톱에 석양빛이 스며들었다

아직 남은 햇빛은 사악했지만 친밀했다


그리고

남겨진 자들은 기억에 노출되었다

# 배틀그라운드
— 죽었으면 시간 낭비하지 말고 훈련장에 가 있어

그녀가 걸린 병은 심장병입니다 다발성 심장병 혹은 심장 독립증으로도 불리는 이 병은 심장이 너무 많아서 걸리는 병입니다 그녀는 나무 아래서 숨을 고르고 있었습니다 나는 훈련장에 있었어요 총에 맞아도 에너지가 닳지 않는 경험이 누적돼야 두려움을 극복할 수 있다고 그녀가 말했거든요 언덕에서 숨을 고르던 송경련은 마을 아래 어두운 창고를 바라보았어요

창문이 많았어요

세계의 창문은 모두 뚫려 있어요 통과하라고 있는 창문이거든요

창고의 검은 형체가 눈을 빛냅니다

그것은 다리가 없습니다 송경련의 심장박동이 빨라졌습니다 그것은 다리가 없어서 빨랐습니다 검은 형체가 창고에서 나와 철망으로 스르르 다가갑니다

나는 훈련장에서 죽는 연습을 하고 있었어요
죽어야 하는데 죽지 않는 경험치만 쌓이고 있었습니다

사람들이 무서워하는 건 사람뿐인데 사람 찾는 것에만 혈안이 된 이 공간은 사랑이라고, 송경련이 그랬어요 그녀는 발목이 붓는 것을 느꼈습니다

검은 형체는 망가진 철망을 통과하고 있네요 구

멍이 뚫리지 않은 철망은 없습니다 통과하라고 만들었기 때문입니다 도망가는 건 무언가를 끊임없이 통과하는 일이라고, 문이나 창문, 철망이나 죽은 사람, 날아가는 새, 야자수, 붉은 흙 닥치는 대로 통과하면 되는 거라고

그녀가 말했어요

심장이 너무 많아서 심장을 잡아 죽여야 했고요

나는 훈련 중이었습니다

총을 쏴도 사람이 안 죽는 경험을 하고 있었습니다 죽어야 자연스러운데 아무도 죽지 않는 경험이 있어야 공포를 극복할 수 있다고 그녀가 말했거든

요 나는 훈련장에서 타인의 무반응을 학습했습니다

검은 형체가 언덕을 타고 서서히 올라옵니다

심장병에 걸린 나의 애인은 나무 아래서 쉬고 있었습니다 심장은 펌프인데 일반적인 근육과 달리 피로를 느끼지 않는 게 문제입니다 검은 형체가 코 앞까지 다가오네요

그녀는 외투를 벗어 심장을 보여줍니다

그것은 눈을 반짝입니다

크기가 너무 작기도 했지만 그가 생각한 개수가 아니었거든요

## 배틀그라운드

—열린 채 뜁니다

당신은 퀵으로 태어났습니다

그쪽에서 이쪽으로

당신을 소포에 담아

(잘 깨지므로 '파손주의'

스티커도 붙여서)

보내졌고

왜 이렇게까지 뛰어야 하나요

억울한가요

자연스럽습니다

당신은 무게가 많이 나갈뿐더러

총이 없고

착불이었기 때문에

라는 노래를

왕밍밍이 부르고

졸리면 차에 가서 자

라는 걱정의 말을

송경련이 했는데요

그것이 송경련의 죽기 전 마지막 말이

되어버렸네요

우리의 왕밍밍

송경련을 구하러 뜁니다

울퉁불퉁한 언덕을 억누를 수가 없네

찰리 캠프 남쪽 바닷가로

송경련 쪽으로 원을 끌어당기는 마음으로

뛰었지

단정치 못한 태양의 갈기처럼

우리는 한평생

진입의 문제를 겪었네

라는

노래를 부르며

뛰었고

우리의 송경련

굴곡 없는 들판 위에 죽어 있네요

심장이 그녀를 죽음에 이르게 했네요

우리의 송경련

바지 지퍼가 열려 있어요

너 이 자식, 세상을 벌컥 열어버리면 어떡해!

왕밍밍은 죽어버린 애인을 흘끗 보고요

언덕을 올라 달아납니다

여느 때처럼 혼잣말인 노래를 부르며

열린 지퍼를 놔두고 뛰었습니다

PIN
023

# FKJ는 프렌치 키위 주스의 준말입니다

문보영
에세이

FKJ는 프렌치 키위 주스의 준말입니다
— FKJ, 「Why Are There Boundaries」

며칠 전 내 생일이었다. 춤 연습을 하다가 한 친구가 어떤 곡에 맞추어 춤을 추었다. FKJ의 곡이라고 말했다. 외우기 어려운 이름이었다. FKJ는 프렌치 키위 주스의 준말이라고 친구가 말해주었다. 그 후부터 속으로 프렌치 키위 주스, 하고 말한 뒤, 앞 글자를 따서 이름을 기억해냈다. 블로그에 이 가수에 대해 일기를 썼는데 그걸 읽은 내 친구 흡연구역은 FKP 간판을 보고 FKJ로 착각했다. 내가 좋아할 거라 생각하며 생일 선물로 가방을 샀다. 나는

10만 원이 넘는 가방을 처음 받아봤다. 가방보다 가방을 담은 더스트백이 더 마음에 들었다. 사람들은 사실 더스트백을 갖고 싶어서 명품 백을 사는 걸지도 모른다. 친구는, 돌아오는 길엔 KFC도 봤는데, 또 FKJ가 생각났다고 했다. FKP보다 KFC를 먼저 봤다면 생일 선물이 치킨으로 바뀔 뻔했다.

## 1. FRENCH

프렌치, 하면 프렌치프라이가 떠오른다. 프렌치프라이, 하면 맥도날드가 떠오른다. 낮밤이 바뀐 나와 내 친구 인력거는 밤 열두 시에 맥도날드에 간다. 맥도날드에서 인력거는 악보를 그리고, 나는 시를 쓴다. 맥도날드는 이상한 곳이다. 쓰레기통 입구가 측면에 있기 때문에 쓰레기를 버리기 어려운 구조이다. 버린다는 게 얼마나 어려운 건지 알려주겠다는 듯이 서 있다. 우리는 맥도날드의 이층 통유리 너머로 새벽 거리를 내려다본다. 프렌치프라이를 먹으면서.

인력거는 훌륭한 피아니스트가 꿈이다. 문제는, 자신이 피아노에 재능이 없다고 생각하는 점이다. 더 큰 문제는, 피아노를 제외한 모든 것에 약간의 재능이 있다고 믿는 것이다. 가령, 성악이나 요리, 작곡, 춤, 그림, 사진 등에 말이다. 그 미련 때문에 피아노에 집중을 잘 못 한다. 인력거가 원래부터 피아노를 제외한 모든 것에 재능이 있었던 것인지, 아니면 피아니스트가 꿈이기 때문에 피아노에 재능이 사라지고 다른 것에만 재능이 생긴 것인지는 알 수 없다. 인력거의 꿈이 훌륭한 성악가였다면, 성악만 빼고 모든 것에 재능이 있다고 믿었을 것이다. 요컨대, 우리가 무엇을 간절히 원하게 되면, 그것을 소망한다는 이유만으로 얼마간의 재능을 상실하게 되나 보다.

새벽 네 시. 우리는 잠시 산책을 나간다. 맥도날드에서 나간다. 갓길에 긴 벤치가 놓여 있었다. 벤치는 건물을 향하고 있었다. 벤치에 앉아 위를 올려다봤는데 시커먼 남자가 우리를 굽어보고 있었다. 저 남자가 꼼짝 않고 우리를 쳐다보고 있어. 그런데 왜 저렇게까지 가만히 있지? 남자는 너무 가만히 서 있었다. 한참이 지나도 그대로였다. 그제야 우리는 그것이 사람이 아니라 종이 모형이라는 것을 알았다. 혼자 사는 사람이 여행을 갔는데 방범용으로, 불을 켜놓고 베란다에 종이 남자를 세워둔 것이다. 그래도 저 남자는 너무 죽어 있어……. 인력거는 저 남자가 바람에 살랑거린다는 거짓말을 해대며 그가 자신의 이상형이라고 말했다.

인력거의 이상형은
이런 생각을 했지……
라고 말하는 사람이고
이런 생각을 했지……
까지만 말하는 사람이므로


## 2. KIWI

난 키위 알레르기가 있다. 그런데 확실치 않다. 아주 어렸을 때, 엄마랑 허브 파크에 간 적이 있다.

거기서 키위 주스를 처음 마셔보았는데, 입술이 부풀고 목이 부어올랐다. 엄마가 내게 키위 알레르기가 있는 것 같다고 말했다. 초등학교 친구들에겐 알레르기가 많았다. 난 땅콩 알레르기가 있어. 난 새우 알레르기가 있어. 난 달걀 알레르기가 있어. 알레르기가 영어여서 그랬는지, 아니면 『드래곤볼』에서 본 에네르기 파와 어감이 비슷해서였는지, 이 단어에 묘한 감정을 느꼈다. 나도 친구들처럼 알레르기가 갖고 싶었다. 왕따여서 더 그랬나 보다. 알레르기가 있으면 껴줄 것 같다고 생각했나? 기억이 잘 안 난다. 왕따 얘기가 나온 김에 더 풀어보자면, 나는 왕따였다. 은따거나(내 친구 인력거가 말하길, 본인은 은따에 가까웠는데, 왕따는 멋있기라도 한데 은따는 뭣도 아니랬다. 그렇게 따지면 나는 은따였는지도 모르겠다). 방과 후에 애들은 꼭 운동장 한쪽에 있는 모래사장으로 몰려갔다. 거기서 피구를 했다. 모래사장의 테두리는 늘, 몸통의 반만 보여주는 타이어로 둘러싸여 있었다. 멤버는 어느 정도 유동적이었지만 고정 멤버들이 있었다. 물론

나는 끼지 못했다. 하교할 때마다, 타이어로 보호되고 있는 그쪽 세계를 등지고 걸었는데, 어느 하루는 그쪽으로 다가갔다. 멤버가 다 모이지 않아서 구석에서 빈둥거리고 있는, 확실히 대장은 아닌 어떤 아이에게 다가가 "난 오늘은 피구 못 해. 어디 가야 하거든" 하고 선수쳐봤다. 그러자 그 아이는 어이없는 눈빛으로 나를 쳐다보며 연민했다.

돌아오는 길에, 책가방 끈을 쥐고 땅바닥을 보며

"아…… 젠장…… 이런 거짓 인생…… 이런 거짓된…… 거짓되어진 인생……."

나는 중얼거렸다.

좌우간, 비밀이 없는 사람은 가난하다는 이상의 말처럼, 알레르기가 없는 사람은 가난하다고 생각했나 보다. 그런데 드디어 알레르기를 발견한 것이다. 그 후로는 키위를 절대 입에 대지 않았다. 다시 먹었는데 행여나 아무 이상 반응이 나타나지 않을까봐 걱정돼서 그랬다. 키위 알레르기를 잃을까 겁났기 때문이다. 타인과 식사를 하다가 음식에 키위가 있으면 "난 키위 알레르기가 있어!" 하고 말한다. 그러면 상대방도 자신에게 무슨 알레르기가 있는지, 무얼 먹으면 죽는지, 따라서 자기를 죽이려면 음식에 무얼 넣으면 되는지 술술 분다. 나는 그런 대화가 좋고, 그래서 키위를 안 먹는 것이다.

## 3. JUICE

난 주스를 안 마신다. 물도 잘 안 마신다. 나는 신장이 아프다. 물을 많이 마셔야 신장 투석을 하지 않을 수 있다고 의사가 말한다. 그러나 물을 마시는 게 너무 귀찮다. 그런데 도서관에 가면 물을 마시게 된다. 내가 도서관에 가는 이유는 집에 있으면 죽을 것 같기 때문이다. 반면 도서관에 가면 숨만 막힌다. 도서관에 가면 죽을 것 같지 않은 대신 숨이 막히기 때문에 자꾸 밖으로 나갈 구실을 만들고 밖으로 나갈 구실이 '물 마시러 나가기'밖에 없으므로 그 구실로 나간다. 그런데 물을 마시고 들어오면 다시 나가고 싶고, 그래서 물을 마시러 나가고, 들어오면 다시 숨이 막히고, 그래서 또 나가서 물을 마시고, 물을 마시고 들어오자 오줌이 마려워서 다시 도서관을 나가고, 들어오면 다시 나간다. 물을 너무 많이 마셔서 워터사할 것 같다. 물배가 차서 볼록하게 나온 배를 연필 끝으로 쿡쿡 눌러보다가 얼굴을 만져보니 피부가 곱다. 물을 많이 마셨기 때문이다. 그러니까 신장이 썩은 나는 물을 많이 마셔야 하는데 도서관에 가면 물을 많이 마시기 때문에 결국 도서관은 내 몸에 좋은 것이다. 종일 물을 저장했으므로 자기 전에 물을 입에도 대지 않기 때문에 자다가 깨 화장실을 갈 일도 없으니 수면의 질도 향상된다.

어쨌든, 주스로 돌아가자. 내가 주스를 마실 때는 오직 누가 나에게 주스를 줄 때이다. 낭독회를 할 때 주스를 몇 번 받았다. 오렌지 주스. 자몽 주스. 독자가 주는 건 다 받아먹는다. 오렌지 주스를 준 독자를 기억한다. 그분이 다른 낭독회에 왔는데 또 주스를 줬다. 한 번은 내게 '당신에게 사랑은 무엇이냐'고 물었다. 사랑? 글 쓰는 인간에게 사랑은 준거 독자가 한 명으로 줄어드는 현상인지도 모른다. 평소 나 자신을 머릿속으로 그려볼 때 나는 늘 모르는 많은 사람들 사이에 끼여 있다. 그러나 사랑에 빠졌을 때의 나는 한 사람 앞에 서 있는 한 사람이다. 군중에서 한 명의 사람으로 시야가 좁아지는 것이다. 나는 그 인간이 읽을 글만, 그 인간이 읽을 시만 쓰면 된다. 그리고 그렇게 쓴 글은 저절로 다른 사람들도 읽는 글이 된다. 한 사람만 생각해서 글을 쓸 때 문제는 그 인간의 독서력이다. 내 친구의 일화를 빌려볼까. 내 친구는 좋아하는 사람이 있었다. 그 사람도 시를 읽는 종족이었다(저런). 그 사람은 내 친구에게 어떤 시를 보여주며 "난 이 시가 너무 좋아" 하고 말했다. 내 친구가 보기에 그 시는 별로였다. 그래서 친구는 '하…… 덜 잘 써야겠어……. 너무 잘 쓰면 걔가 못 알아볼 거야……'라고 생각하며 글을 너무 잘 쓰지 않도록 주의했다.

# 4. FRENCH KIWI JUICE

FKJ가 좋다. FKJ가 좋아서 FKJ에 대해 글을 쓰기 어렵다. 대신 그의 곡에 맞추어 춤을 출 수는 있다. FKJ에 대해 아는 거라곤, 식목일 날 멜론 피드에 그가 소개되었다는 사실이다. '푸르른 오늘, 식목일'이라는 제목 아래 몇 개의 앨범이 보였는데 맨 앞에 FKJ의 앨범이 소개되어 있었다. "커버에 나무가 콕! 고막 정화 음악"이라고. 식목일에 웬 FKJ? 하고 살펴보니 앨범 커버에 식물 사진이 있어서였다. FKJ는 어떤 커다란 식물로 자신의 얼굴을 가리고 있다. 나뭇잎 사이로 그의 콧구멍을 확인할 수도 있다. 그의 곡 「Why Are There Boundaries」를 틀어서 들었다. FKJ는 뉴질랜드계 프랑스인이다. 지금 한국은 새벽 다섯 시인데 뉴질랜드는 오전 여덟 시이다. 프랑스는 이미 오전 열 시이다. 여기는 어두운데 거기는 벌써 밝은 것이다. 여기는 밝고 다른 곳은 어두운 건 지구가 둥글기 때문이기도 하지만 어둠이 검은색 천이어서 그렇다. 어둠은 거대한 천인데 그 천이 지구의 전부를 덮을 만큼은 넓지 않기 때문에 어디를 덮으면 다른 부분은 덮이지 않아서, 돌아가며 어두운 것이다. 어디가 어두우면 어디는 밝은데 그건 천이 모자라기 때문이다. 그래서 내가 어두울 때 어떤 사람은 밝고, 내가 밝을 때 어떤 사람은 어두울 것이다. 잘 모르는 사람에 관해서는 이 정도밖에 상상할 수 없다.

배틀그라운드

지은이  문보영
펴낸이  김영정

초판 1쇄 펴낸날  2019년 8월 31일
초판 4쇄 펴낸날  2023년 7월 19일

펴낸곳  (주) 현대문학
등록번호  제1-452호
주소  06532 서울시 서초구 신반포로 321(잠원동, 미래엔)
전화  02-2017-0280
팩스  02-516-5433
홈페이지  www.hdmh.co.kr

ISBN  978-89-7275-118-2 04810
      978-89-7275-113-7 (세트)

* 책값은 뒤표지에 있습니다.

# 현대문학 핀 시리즈 시인선